RIEN DE NOUVEAU

IMPRIMERIE DE J.-B. GROS,

Rue du Foin-Saint-Jacques, 18.

RIEN DE NOUVEAU

PAR

GABRYEL

Quand on étudie les événements humains, on y découvre souvent un caractère qui leur donne une certaine conformité.

(MICHAUD.)

PARIS

ALLOUARD ET KAEPPELIN

Libraires—Editeurs—Commissionnaires

SUCCESSEURS DE P. DUFART ET DE Gal WARÉE

12, rue de Seine

1851

AUX LECTEURS

A PROPOS DU TITRE.

« *Rien de nouveau.* — Alors à quoi bon
« lire cet ouvrage?

« Cependant, dans un temps où les bro-
« chures plus ou moins politiques ne s'achè-
« tent plus ; où les *Etudes historiques* ne se
« lisent plus , il faut piquer la curiosité pu-
« blique par un *titre*, qui promette quelque
« chose. Qu'il tienne sa promesse ou non,

« *un titre est la moitié du succès* de l'ou-

« vrage.

« Eh bien ! franchement, que prouve

« votre titre ? »

Voilà l'objection !

Mais dans un temps où tout est nouveau, hommes et choses ; où les idées même, comme les faits qui se déroulent tous les jours sous nos yeux, *semblent* nouveaux ;

A une époque, où les utopies les plus excentriques courent les rues ; où les plus étranges paradoxes tombent parfois du haut de la tribune parlementaire elle-même ;

Où tout le monde est dans l'attente ;

Où chacun tremble en considérant les sombres nuages qui obscurcissent l'avenir, il y a quelque chose de plus nouveau que la nouveauté elle-même : c'est de prouver aux timides que *rien n'est nouveau* dans cette lanterne magique révolutionnaire.

Ni les idées, ni les faits, ni les utopies, ni les sombres nuages; — rien, à l'exception du nom des escamoteurs qui répètent la leçon du passé. — Le dénouement a toujours été le même, et parmi les acteurs, les uns sont sifflés, les autres *rappelés avec enthousiasme.*

Rien de nouveau donc, et c'est pour cela que, malgré l'objection, j'ai conservé ce titre *malencontreux*, mais que je crois vrai !

PRÉFACE

Un livre est apparu dernièrement qui a produit une grande sensation dans le monde politique.

Ses conclusions étaient, sinon trouvées justes par tous, du moins adoptées par un grand nombre d'esprits timides et irrésolus, qui croient à tout ce que disent un livre ou le journal chargé exclusivement du soin de penser pour eux.

Esprits nombreux, qui ne veulent pas réfléchir eux-mêmes et pour eux-mêmes, dans la crainte d'arriver, conduits par la logique inflexible, par la rectitude et la droiture de leur jugement, à une solution qui n'est pas celle de leur cœur; esprits faibles, qui trouvent plus commode de se rattacher sans examen à la première idée éclose dans le cerveau de quelque utopiste qui annonce à tous la découverte récente de la pierre philosophale, ou une *solution* nouvelle.

Ce livre déifie la FORCE, et nous prédit, sous ce titre pompeux de *l'Ère des Césars*, le règne du sabre et la glorification brutale du *fait accompli*.

Telle est la plus haute et la dernière expression du matérialisme politique!

Il est une chose cependant à opposer à la FORCE, c'est le DROIT; et, quoi qu'on en dise, nulle force ne peut l'emporter sur le droit. On peut le rejeter pour un temps, refuser de le reconnaître, l'exiler même; mais on ne peut l'annihiler; on ne peut nier son existence; on ne peut faire que ce qui est ne soit pas.

Je ne veux point entamer ici de discussion avec l'auteur de *l'Ère des Césars;* elle serait oiseuse : il ne croit qu'à la FORCE, je ne crois qu'au DROIT.

Entre nous, voilà toute la différence.

« En regardant de plus près, au fond du gouffre
« impur...; en fixant un regard attentif sur cette
« cohue de barbares, de rhéteurs, de prétoriens,
« tantôt philosophant, tantôt se déchirant sous les
« débris des croyances, des mœurs et de la société
« antique (1) », M. Romieu a vu « que la grande
« dictature militaire fut, à Rome, le résultat forcé,
« tôt ou tard inévitable, de la forme du gouverne-
« ment (2). »

Pour contempler ce lugubre spectacle, je n'ai pas
eu besoin de remonter aux pages écrites avec de la
boue et du sang qui terminent la glorieuse histoire
de l'empire romain ; je me suis demandé, moi aussi,
si rien de semblable ne s'était produit sous le soleil ;
je n'ai eu qu'à ouvrir notre propre histoire pour me
convaincre de la vérité de ces mots bien anciens :
Nihil sub sole novi ! — Il n'y a rien de nouveau
sous le soleil !

Si M. Romieu trouve « la société européenne pla-

(1) *L'ère des Césars*, p. 2.
(2) *Id*, p. 5.

« cée dans des conditions presque semblables à
« celles qui caractérisaient l'époque où parurent les
« Césars(1) », je trouve, moi, la France placée dans
une condition semblable en tous points à celle où
elle s'est déjà trouvée plusieurs fois. Je trouve même
sa position moins mauvaise, comme on pourra s'en
convaincre l'histoire à la main.

« L'étude simultanée du présent et du passé a
« donné à l'auteur de *l'Ère des Césars* cette croyance
« qu'il y a un moment d'extrême civilisation chez
« les peuples, où l'issue est le CÉSARISME (2) ».

Cette même étude m'a convaincu de la vérité de
cette parole célèbre de Charles-Quint .

« La France est sa plus mortelle ennemie ; mais
« plus elle fait d'efforts pour s'enfoncer dans l'abîme,
« plus elle se relève glorieuse au-dessus des autres
« nations. »

Au jour d'aujourd'hui, le Césarisme ne serait pas
plus fort à conjurer la tempête que la monarchie

(1) *L'ère des Césars,* p. 5.
(2) *Id.*, p. 29.

de 1830. Ce serait un autre expédient, à vingt ans de date; et on pourrait comparer son auteur à ce bon Décius dont il est parlé dans *l'Ère des Césars*: « Lorsque les démolisseurs approchaient, son âme « honnête songeait à consolider la masure, sans « calculer que les matériaux étaient pourris (1) ».

Ce qu'il faut aujourd'hui, c'est le DROIT appuyé sur la FORCE; c'est un retour au PRINCIPE qui, seul, peut nous arrêter dans notre course éperdue vers l'abîme.

Et on y reviendra, bon gré mal gré, à ce principe; on y arrivera de tous les points de l'horizon politique, par des circonstances imprévues peut-être; les moins probables sont, assurément même, celles qui ont le plus de chances de succès dans ce siècle bizarre où l'impossible semble être seul possible. On y reviendra à ce principe salutaire, comme on y est déjà revenu plus d'une fois à des époques désespérées, et on s'estimera trop heureux de trouver enfin le port après une si rude tempête.

(1) *L'ère des Césars,* p. 60.

Dieu protége la France!

M. Romieu dit encore que « le roi légitime cesse
« d'être une solution au problème de la stabilité,
« dès qu'on débat son titre (1) »; mais il oublie que
ce titre n'est pas de ceux qu'on débatte, et qu'on ne
l'a jamais débattu. — On a pu refuser de le reconnaître; mais, encore une fois, ce titre est un droit,
et nulle puissance ne peut faire que ce qui est ne
soit pas. — Dieu lui-même, qui peut faire de rien
toute chose, ne peut pas faire que ce quelque chose
qui est ne soit pas, car cela impliquerait contra-
diction.

Monseigneur le comte de Chambord a répondu,
du reste, par sa noble conduite et par des paroles
plus nobles encore, à tout ce qu'on pouvait opposer
au principe qu'il représente. — Le descendant de
soixante rois ne peut se soumettre à l'élection du
peuple : il est tout élu. Il ne revendique pas son
droit, mais il le maintient; il ne demande rien,
mais il attend que la France l'appelle. — Que l'on

(1) *L'ère des Césars,* p. 110.

n'oublie pas ces paroles célèbres prononcées dernièrement à Wiesbaden : « *Je ne suis pas pour l'ap-
« pel au peuple, mais je suis pour que le peuple
« m'appelle !* »

Non, « on ne peut priver du droit d'exclusion le
« peuple à qui on a donné celui d'admission (1) ».

Exemple : 1830—1848.

Si tant est que ce soit bien vraiment le peuple qui
ait fait ces révolutions, — ce que je nie pour ma
part, — le peuple français n'est pas plus une poi-
gnée d'intrigants ambitieux qu'une bande de rêveurs
méchants ou d'émeutiers en délire.

C'est pour cela que je crois la situation moins
mauvaise qu'on ne veut bien la faire. — Quand le
mal existe, quand l'orage gronde et que les tempêtes sociales menacent d'éclater, il ne suffit pas
de jeter le manche après la coignée, et de se sauver
en criant : A la garde ! il faut remonter à la source,
voir d'où vient le mal ; puis, lorsqu'on l'a trouvé,
incliner son front devant la justice de Dieu, brûler

____

(1) *L'ère des Césars,* p. 111.

ce qu'on a adoré, et adorer ce qu'on a brûlé.

Il faut agir ainsi, ou se préparer à la mort!

La Force alors reviendra prêter un appui au Droit, si nous sommes assez malades pour que le corset de force soit nécessaire à l'opération qui doit nous sauver.

Maintenant, à ceux qui me prendraient, moi aussi, pour un rêveur enthousiaste, et m'accuseraient de caresser des espérances qui, à leurs yeux, sont des chimères impossibles, je répondrai par *les rapprochements* suivants que j'aurais pu intituler encore : *Pages détachées de l'histoire de France*, et dédier à ceux qui ne savent point, qui ont oublié, ou qui ne veulent pas se rappeler ce que tout Français devrait au moins connaître, *l'Histoire de France!*

Je n'invente rien, je copie, et n'ai aucun autre mérite.

INTRODUCTION

Mon intention n'est point de rechercher les causes qui ont produit successivement les révolutions; des auteurs distingués par leur science, autant que par leur impartialité, nous les ont clairement désignées.

Je n'examinerai dans cette simple *Etude historique* que les effets produits par ces mêmes causes; je tâcherai de prouver que les moyens constamment employés ont été constamment pareils, et je démontrerai ensuite, l'histoire à la main, que ces causes ont entr'elles une parfaite ressemblance.

Ceci prouvé, j'aurai, je pense, quelque droit d'espérer que la fin pourrait bien être aussi de nos jours la même que celle des cinq ou six révolutions dont je m'occuperai plus spécialement; ce qui nous ramènerait nécessairement au triomphe du droit.

Charles VI, Charles VII, Henri IV, Louis XIV, Louis XVIII ont tous eu quelque peine à s'asseoir sur un trône que chacun d'eux a assez glorieusement occupé; au dire de l'histoire, au moins, si ce n'est à celui des révolutionnaires.

La révolution de 1830 et sa fille très-légitime de 1848 me fourniront aussi quelques rapprochements curieux, mais j'éviterai le plus possible de porter la main sur l'histoire contemporaine; c'est un fer rougi qui prend aisément toutes les formes qu'on veut lui donner, mais dont les étincelles brûlent l'ouvrier.

Puis, si le lecteur impatient trouve que je répète

souvent la même chose, que je ne varie guère et que je le traîne sans cesse au milieu des émeutes, des crimes de toutes sortes, des faux-serments, des parjures éclatants, des trahisons inouïes; s'il me blâme de répéter mille fois les mots de RÉFORME et d'ABUS; de prononcer, à chaque instant, la formule obligée de LIBERTÉ, ÉGALITÉ, FRATERNITÉ! s'il m'accuse de monotonie, enfin, je croirai presque avoir atteint le but que je m'étais proposé en commençant ce petit livre, et peut-être alors répétera-t-il avec moi :

Nihil sub sole novi !

I

Les révolutions morales ont toujours précédé les révolutions politiques ; signe certain, dans tous les temps et tous les pays, de cette désorganisation sociale qui amène les grandes commotions.

Nous lisons dans Mézeray que « sous le règne de « Charles V, et à la fin de celui de Jean le Bon, le « luxe des habits, les danses lascives, étaient des « vices communs à la cour, à la ville et dans les cam-

« pagnes ; on ne voyait que jongleurs et farceurs, ce
« qui signifie un goût effréné pour les spectacles, tels
« qu'on pouvait les avoir dans ce temps. Les sexes
« et les âges étaient également dissolus et sans pu-
« deur..... Les malheurs du pays ne corrigèrent pas
« les Français ; les jeux, les pompes, les tournois,
« continuèrent toujours. On dansait, pour ainsi dire,
« sur le corps de ses parents ; on semblait se réjouir
« de l'embrâsement de ses châteaux et de ses mai-
« sons, et de la mort de ses amis. Durant que les uns
« étaient égorgés à la campagne, les autres jouaient
« dans les villes : le son du violon n'était pas inter-
« rompu par celui des trompettes, et l'on entendait
« en même temps les voix de ceux qui chantaient
« dans les bals, et les pitoyables cris de ceux qui
« tombaient dans les feux ou sous le tranchant
« du glaive. »

Quel tableau ! et ces dernières lignes ne rap-
pellent-elles pas l'intérieur de certaines prisons au
temps de la Terreur?

Une cour où régnait Isabeau de Bavière ne pouvait briller que par la corruption des mœurs et l'étalage des plus honteuses passions. Un luxe effréné y était scandaleusement étalé malgré l'horrible misère qui pesait alors sur le pays : là encore on dansait sur les ruines de la France.

Le règne de Henri III fut celui des mignons, des tournois et des fêtes. — La Cour de France, pour être comme toujours la plus brillante du monde, n'en était pas la moins corrompue, et la ville et la province imitaient la Cour.

Les orgies de la Régence dépassèrent de beaucoup les scandales de la Cour de Louis XIV, et le règne de Louis XV fut vraiment celui de la débauche couronnée; elle descendait du trône pour couler à grands flots par tout le pays. — On se rappelle les petites maisons et leurs mystères, dignes des fêtes de la Grèce ou de la vieille Égypte.—Un luxe effréné régnait partout, et la démoralisation universelle, fruit des prédications impies de Voltaire, amena la grande révolution.

L'histoire ne peut se faire tout à coup, on ne la sténographie jamais bien, mais elle enregistrera un jour, au nombre des causes qui ont plus particulièrement amené les révolutions de 1830 et de 1848, le revirement social qui s'était opéré dans toutes les classes.

En effet, personne n'était à sa place, le chef de l'État moins que les autres; le luxe était poussé à un point extrême, et, à Paris surtout, il était impossible de le soutenir longtemps encore sur le même pied. D'un autre côté, la fureur du jeu de Bourse, qui rappelait les opérations de Law et les sombres mystères de la rue Quincampoix, faisait tous les jours de nouvelles victimes; les fortunes les plus brillantes s'évanouissaient comme par enchantement, et les habitués de ce grand tripot signalaient en souriant une nouvelle *exécution*. On assistait en silence à cette grande agonie sociale qui devait se terminer par le coup de tonnerre de Février. Les convulsions n'avaient cependant pas manqué depuis dix-huit ans; tous les signes précurseurs de la mort avaient paru, mais rien n'avait pu arracher le bandeau qui couvrait les yeux de ces aveugles volontaires qui voulaient régner à tout prix sur la France, et que la tempête a englouti les premiers, car justice devait se faire.

II

La guerre civile vint souvent prêter des mains parricides à la guerre étrangère pour conduire la France au bord de l'abîme ; c'est le trône de saint Louis qui, le premier, fut menacé par ces deux forces réunies, et Blanche de Castille, pendant la minorité de son fils, n'eut pas seulement à combattre les Anglais, nos éternels ennemis, mais elle vit encore se dresser contre elle les grands vassaux de la couronne eux-mêmes, dont les entreprises ambitieuses avaient été détournées et comme ajournées par Philippe-Auguste, puissamment aidé par une persévérance à toute épreuve et par le prestige de sa gloire.

En consultant l'histoire du temps qui s'écoule pendant la captivité de Jean le Bon, et même sous son règne, on est bien forcé d'avouer que jamais, plus qu'à cette époque malheureuse, la France ne fut plus près de sa ruine.

La guerre civile décimait nos populations, et la peste exerçait en même temps d'horribles ravages. Le pays était sourdement agité et ruiné par des ambitieux qui ajoutaient, par égoïsme personnel, aux calamités inséparables de la guerre étrangère le fléau plus épouvantable encore des discordes civiles.

Les factieux, enfin, ne tendaient à rien moins qu'à remettre le sceptre de la France aux mains de Charles le Mauvais, proche parent de Jean le Bon, et à reconnaître la suzeraineté de l'Angleterre pour

obtenir son appui. Mais, comme on l'a fort bien dit :
« les Anglais ne donnent jamais ce qu'ils peuvent
vendre », et soutenus par leur vieille haine, ils s'é-
tayaient, cette fois, de prétendus droits qu'Edouard III
aurait eus à la couronne de France, comme fils
d'Isabelle, qui, elle-même, était fille de Philippe le
Bel. Ainsi des deux côtés la guerre était érigée en
principe.

Nous arrivons à une des pages les plus tristes de
notre histoire, le règne de l'infortuné Charles VI,
que suivit enfin celui de Charles VII.

« Il est un terme marqué par la providence », dit
Anquetil dans son *Esprit de la Ligue*, « aux malheurs
« comme à la prospérité des royaumes ; souvent ce
« terme échappe à l'œil perçant des politiques, et le
« nuage qu'ils croient devoir éclater en tempête, est
« celui qui, par une douce rosée, ramène le calme
« et la sérénité. »

Sans contredit le funeste traité de Troyes fut une
des grandes causes des bouleversements que la

France eut à souffrir à cette époque. La défection des ducs de Bourgogne et d'Orléans, *qui avaient appelé les Anglais*, fut encore une cause puissante des malheurs du pays.

L'Angleterre, maîtresse de Paris et de presque toute la France, croyait toucher enfin au terme de ses plus chères espérances : elle s'appuyait sur la renonciation de Charles VI *qui*, par le traité de Troyes, conclu le 21 mai 1420, *avait reconnu Henri d'Angleterre pour son héritier à la couronne de France.*

Elle oubliait, cette nation qui se prévalait alors d'une signature arrachée à un monarque en démence, « qu'en France il n'y a pas de droit contre « le droit, et qu'en ce pays la raison finit toujours « par avoir raison. »

Ce fut cependant un beau règne que celui d'Henri IV, ce bon roi, dont la mémoire est restée si populaire en France; nous l'avons acheté au prix de la Ligue.

1.

De toutes nos crises nationales, ce fut, sans contredit, la plus sérieuse, la plus opiniâtre et la plus longue, parce qu'elle eut la religion pour cause avouée, et que ce fut au nom de Dieu lui-même que les révolutionnaires d'alors tentèrent de renverser l'œuvre de Dieu, la monarchie légitime.

Les prétendus *réformistes* firent naître toutes les discordes ; les seize *quarteniers* de Paris furent les ligueurs les plus exaltés, et nous trouverons encore dans les rangs des insurgés des *princes du sang royal.*

Nous ne retrouvons pas ici les Anglais mêlés à nos dissensions intérieures, mais les Espagnols viennent les remplacer.

Voici venir Louis le Grand, qui illustra son siècle en lui donnant son nom, et éleva la France à l'apogée de sa gloire. A cette époque merveilleuse, l'étranger ne saurait envahir notre territoire, mais nous nous déchirons nous-même avec les armes de la guerre civile. La Fronde, avec ses épigrammes et ses couplets, est bien la guerre la plus nationale qui ait jamais été.

Anne d'Autriche était régente, mais le duc d'Orléans, oncle de Louis XIV, était lieutenant général du royaume, épuisé par ses dissensions intérieures plus encore que par les guerres contre les Espagnols. Le parlement lui-même résistait à l'autorité royale, pendant que le trop fameux Gondi ameutait les masses.

Nous n'aurons donc à considérer, dans les troubles qui précédèrent le grand règne, que l'ambition des princes du sang; seule, elle fut la cause de tous les maux qu'eut alors à souffrir la France.

Nous arrivons à une époque que l'on a déifiée d'une part et maudite de l'autre. L'histoire impartiale qui avait appelé GRAND le siècle de Louis XIV, l'a stigmatisé du nom de LA TERREUR !

« *La révolution de 1789 fut préparée,* » disait en 1818 le régicide Carnot, « *par une foule d'écrits purement philosophiques ; les âmes, exaltées par l'espoir d'un bonheur inconnu, s'élancèrent tout à coup dans les régions purement imaginaires; nous crûmes avoir saisi le manteau de la félicité nationale; nous crûmes qu'il était possible d'obtenir une* **RÉPUBLIQUE SANS ANARCHIE,** *une liberté illimitée sans désordre, un système parfait d'égalité sans faction :* **L'EXPÉRIENCE NOUS A CRUELLEMENT DÉTROMPÉS.** »

Il n'y a rien à ajouter, je crois, à un aveu aussi complet, en considérant, surtout, quel est son auteur.

Nous retrouvons dans cette époque de douloureuse mémoire un d'Orléans, et tous ces héros de la démagogie que l'on s'efforce en vain de réhabiliter aujourd'hui.

Ce n'était point assez de la guerre civile et des massacres qui ensanglantaient de toute part le sol de notre patrie, nous étions aussi condamnés à la honte de voir la France, deux fois envahie par l'Europe coalisée, tremblante encore au souvenir de nos héroïques soldats qui venaient de promener leur drapeau vainqueur sur toute sa vaste étendue.

Tout, à cette époque, devait être gigantesque : la gloire et l'infamie, le dévouement et l'ingratitude, la générosité comme la barbarie.

L'histoire a déjà jugé les acteurs de ce drame de sang ; aux uns l'immortalité de la honte et du mépris, aux autres l'immortalité de la gloire.

On ne peut guère aborder nos deux dernières révolutions qu'en partie double, — si je puis me servir de cette expression, — celle du 24 février 1848 n'étant qu'un corrolaire de la première, et une punition, infligée sur terre, à l'usurpation de 1830. Je les considérerai donc souvent d'une manière collective.

Dans la révolution de 1830 que trouvons-nous d'abord ? Un prince, indigne de ce nom, et la personnification de l'ingratitude. Il serait trop long de rappeler ici tout ce que S. A. R. le duc d'Orléans devait à la branche aînée des Bourbons, et à Charles X en particulier ; nous ne parlerons pas de son adhésion formelle à la note de Louis XVIII, qu'il signa le

22 février 1803 (le Roi des Français a dû y penser 45 ans plus tard), nous constaterons seulement que la révolution de juillet fut son ouvrage, ainsi que celui de l'Angleterre, dont la vieille haine s'arrangeait mieux d'un d'Orléans que de cette antique famille de nos Rois, dévouée, elle, à ce pays qu'elle avait fait si grand avec la France d'Hugues Capet, et sous le gouvernement de laquelle nous avions conquis le premier rang parmi les nations. (1).

Pendant toute la durée du règne de Louis-Philippe, l'Angleterre a régné, *moralement* au moins, sur la France, qui lui fut sacrifiée dans toutes les circonstances.

Passant maintenant à la seconde époque de la révolution, nous remarquerons, tout d'abord, que cette révolution nouvelle n'est : ni l'œuvre de grands vassaux, qui n'existent plus ; ni celle des princes du sang, qui sont tous chassés ; ni celle de la bourgeoisie, contre laquelle le mouvement est dirigé. Dieu in-

(1) Voir, à la fin du volume, un passage de M. de Chateaubriand sur la famille de Bourbon.

tervient ici d'une manière directe dans les événements dont la grandeur et l'imprévu confondent
l'esprit humain.

Ce règne n'était-il pas celui des *habiles?* On a
prévu depuis longtemps la nécessité d'une révolution, aussi toutes les précautions sont prises pour
la comprimer : l'embastillement de Paris a été dé-
cidé, les millions ont été enfouis, les forts sont finis,
ils sont armés. Il est géométriquement démontré que
pas un seul coin de Paris n'est à l'abri de leurs feux,
les troupes sont en grand nombre, on ne ménagera
pas le sang du peuple.

Et cependant cet échafaudage de monarchie
disparaît.

En effet, ce n'est pas tant la chute de Louis-Philippe qui est extraordinaire, que la manière dont
elle arrive; tout le monde s'y attendait : chacun pouvait en quelque sorte la prédire, cette chute, tant il
est vrai que « la logique a ses lois infaillibles ! et que
« les barricades de 1830 ont enfanté les barricades
« de 1848, comme le fait engendre le fait, comme la
« vague engendre une autre vague, comme le vent

« engendre la tempête (1). » Mais personne ne pouvait dire qu'entre le jugement et l'exécution il n'y aurait qu'un éclair.

En 1848, l'esprit du mal soulève les passions populaires et leur montre le pouvoir sous l'emblème d'une licence effrénée.

L'effet pernicieux des doctrines socialistes;

La démoralisation des masses, démoralisation systématique, tolérée, pour ne rien dire de plus, sous le règne précédent;

Une corruption inimaginable qui n'avait rien laissé de sain dans la machine gouvernementale;

Telles furent les principales causes de la chute de la monarchie de juillet.

(1) Union du 11 Sept. 1848.

III

Nous venons de voir que la guerre civile et la guerre étrangère ont presque précédé toujours l'avénement des règnes les plus glorieux pour la France; nous avons trouvé déjà quelques princes du sang mêlés à de détestables intrigues, nous allons remarquer maintenant que c'est toujours auprès des trônes que se trouvent les plus grands ennemis des rois.

Saint Louis a à lutter contre Enguerrand, sire de Coucy, *son parent,* qui, oublieux des devoirs que lui impose son rang, se laisse entraîner par les factieux et se met à la tête de la noblesse révoltée.

L'usurpation, préméditée par *un oncle* du roi et Enguerrand, fut reniée par le peuple de Paris, qui alla chercher lui-même son souverain légitime dans la forteresse de Montlhéry, où le roi avait été obligé de se retirer pour échapper à un coup de main des factieux ; c'est alors que le sire de Coucy, faisant amende honorable et revenant au parti du monarque, prit sa fameuse devise :

> Je ne suis Roy, Comte, ne Prince aussi,
> Je suis le Sire de Coucy,
>
> Roy ne puis éstre,
> Duc ne veux éstre,
> Ne Comte aussi ;
> Mais le Grand Sire de Coucy.

« Mais, dit une vieille chronique, s'il fut un mo-

« ment capable de sacrifier sa glorieuse renommée à
« un mouvement de fol orgueil, une mort funeste
« ne tarda pas à lui faire expier sa passagère félo-
« nie. Traversant à gué une petite rivière, son des-
« trier s'effraye, le renverse sur son épée sortie du
« fourreau, et le sire de Coucy expire enferré jusqu'à
« la garde. »

Charles le Mauvais, roi de Navarre, *proche parent* de Jean le Bon, s'efforce, par tous les moyens,
de ravir la couronne de France au jeune dauphin,
depuis Charles V.

Les ducs de Bourgogne et d'Orléans, *princes du
sang,* veulent vendre le royaume aux Anglais, qu'ils
y appellent, en 1424, pendant la minorité de
Charles VI. Isabeau de Bavière leur livre plus tard
Tours et Paris, et il ne tint pas à ces trois personnes,
dont la France maudit encore la mémoire, que l'Angleterre ne régna définitivement sur nous!

Le duc de Guise, *prince du sang,* veut ravir la couronne à Henri IV, sous prétexte de catholicisme. Nous n'examinerons pas plus ici les causes que les raisons d'être de la Ligue; ce que nous constaterons c'est la puissance des *mots* en France. — Il suffit de savoir les jeter à propos au peuple. — Et si la Ligue eût triomphé, il est probable que la *religion* n'aurait pas eu, après la victoire, une part plus grande que celle que l'on a faite à la *liberté* après 89.

Exemple 1793!!!

La Fronde autorise le duc d'Orléans, *prince du sang,* à s'asseoir sur le trône au lieu et place de Louis XIV.

La France y aurait-elle gagné en grandeur et en gloire?...

Philippe-Égalité, d'exécrable mémoire, aspire, lui

aussi, au trône ; c'est une maladie de famille.—Pour y arriver, aucun crime ne l'effraie ; IL VOTE LA MORT du roi, *son parent*, et les tigres qui l'entourent tressaillent de honte et d'effroi. — Il l'obtient enfin, ce trône tant désiré, il y monte le 6 novembre 1793..... seulement la justice de Dieu l'avait changé en échafaud !

A quarante ans d'intervalle, le fils de Philippe-Égalité renverse le frère du roi martyr ; plus heureux, mais non moins criminel que son père, il règne pendant dix-huit ans, et le 24 février vient aussi faire justice de ce dernier attentat.... La Révolution choisit en ce jour, pour sa première victime, celui qui avait été tour à tour son courtisan, son soldat et son roi.

IV

près avoir trouvé presque toujours un prince
du sang entre le bonheur de la France et son
roi légitime, il n'est pas sans intérêt de constater
que c'est toujours aussi, au nom de *la légitimité*,
que ces princes réclamaient le trône, en sorte qu'il
aurait été plus raisonnable de discuter un fait, de
présenter un titre, que de combattre à main armée.

Sous saint Louis, nous voyons d'abord Mauclerc,
de la famille des comtes Robert, qui se prétend plus
légitime que le roi lui-même, parce que, *disait-il*, ce
Robert, dont il descendait, était le fils aîné de Louis
le Gros, « toutefois étant (Robert) de petit escient et
« qui riens sçavoit, les pairs et barons avoient fait
« sacrer son frère Louis à sa place. »

Charles le Mauvais, lui aussi, se trouve plus légitime que Charles V. « S'il s'agissoit », disait-il aux
Parisiens, « de revendiquer la couronne de France,
« elle m'appartiendroit *mieux* qu'au roy Jean, mais
« la tranquillité de la France m'est plus précieuse
« qu'un trône. » Peu de temps après, l'hypocrite se
fit nommer lieutenant général du royaume, et, dans
la nuit du 31 juillet au 1er août 1358, il acceptait le
titre de Roi de France en se reconnaissant le vassal
de l'Angleterre..... Quatre cent soixante-douze ans
plus tard, aux mêmes mois de juillet et d'août, nous

devions avoir un lieutenant général, un Roi des Français, et l'Angleterre jouait toujours son même rôle !

Sous Charles VI, ce n'est plus même un prince français qui l'emporte en légitimité sur le roi de France, c'est le roi d'Angleterre en personne, appelé par les ducs d'Orléans et de Bourgogne! Il appuie ses prétentions sur le mariage d'Édouard III avec la fille de Philippe le Bel !

Pendant la Ligue, nous retrouvons plusieurs princes du sang qui, tous, à des titres divers, il est vrai, ont les prétextes les plus plausibles et les plus légitimes pour placer sur leur tête la couronne de France et de Navarre. C'est d'abord le duc de Guise, puis Mayenne, et, poussé par ce dernier, le vieux Cardinal de Bourbon!

Le duc d'Orléans, régent pendant la minorité de Louis XIV, essaie, lui aussi, de s'emparer du trône ; mais il était réservé à un de ses descendants d'être, *par le fait,* plus légitime que le Roi de France.

Louis-Philippe-Joseph d'Orléans, avant de prendre le nom d'Égalité, avait demandé à produire ses titres à la couronne de France ; ses droits étaient fondés sur une prétendue filiation directe qui le faisait descendre des Valois ; il s'efforça ensuite de prouver à la tribune de l'Assemblée nationale qu'il était bâtard et fils d'un cocher de sa mère.

En 1830, le Roi des Français est proclamé, *quoique* Bourbon, et cependant, s'il fallait en croire son père, il n'était pas plus Bourbon que Valois.

V

.

Nous venons de voir les rebelles combattant en quelque sorte pour le triomphe de la légitimité, qu'ils prétendaient, seuls, représenter; nous allons les voir, scrutant la vie privée des parents du roi contre lequel ils conspiraient, chercher à prouver, à l'aide de la calomnie, leur arme favorite, l'illégitimité de la possession du trône par *l'illégitimité de la naissance* du possesseur.

Les factieux, dans leur rage insensée contre la vertueuse et sainte reine Blanche de Castille, poussèrent l'impudence jusqu'à jeter des soupçons vagues *sur la légitimité de Louis IX,* et à accuser sa mère d'entretenir des relations illicites avec le légat italien, puis avec le ministre Thibaut, comte de Champagne.

Mézeray dit, en parlant d'Isabeau de Bavière, « qu'elle fut dépouillée de tout ce qui pouvait la « rendre considérable; elle devint le mépris des « Anglais, l'opprobre des Français, et l'objet de la « haine des uns et des autres; si bien qu'elle fut ré- « duite à un état qu'elle n'osait sortir par les rues « qu'elle ne fut montrée au doigt; et les Anglais, « par une horrible insolence, *lui reprochaient* com- « munément *que son fils Charles était bâtard.* »

Anne d'Autriche fut accusée à son tour d'avoir entretenu des relations avec Mazarin (ministre comme Thibaut), et un romancier illustre par ses mensonges historiques, lui donne, dans un de ses ouvrages , le fameux Buckingham pour amant préféré.

Au commencement de la révolution de 89, on s'acharna sur la réputation de Marie-Antoinette. Le Palais-Royal était l'officine où se fabriquaient les plus infâmes calomnies; mais on ne parvint à convaincre que ceux qui avaient intérêt à être convaincus.

Nous voyons, en 1820, les mêmes calomnies s'agiter autour du berceau rédempteur de Henri de France; c'est encore du Palais-Royal qu'elles partaient, et, en 1830, on les vendait jusque sur les degrés de ce palais maudit.

VI

Toutes nos catastrophes et toutes nos gloires ont été également précédées de *Réunions,* qui se nommèrent tantôt Assemblées ou États-Généraux, tantôt Convention, Chambres, Banquets mêmes.

Sous le règne de saint Louis, les factieux de Paris *se réunirent en Assemblée,* dans le but avoué de renverser le Roi ; la coalition impie fut faite, les armées en vinrent aux mains, et les rebelles furent vaincus dans un engagement décisif, où le comte de Toulouse, un de leurs chef, avait attaqué trop tôt l'armée royale.

La régente convoqua ensuite à Compiègne *une Assemblée des Grands-Vassaux*, à la suite de laquelle, le roi ayant pardonné aux rebelles, tous réunirent leurs efforts contre l'Angleterre.

Les troubles qui désolèrent la France pendant la captivité de Jean le Bon, furent produits par des *Assemblées*, et pour rétablir la paix, le dauphin dut convoquer à Compiègne l'Assemblée des États-Généraux, qui fut ouverte le 4 mai 1358. Elle eut le même résultat que celle qui y avait été tenue un siècle avant.

Les États de Blois, ouverts le 16 octobre 1588, précédèrent la Ligue ; malgré leur célébrité, ils n'eurent d'importance réelle que par la catastrophe

qui les termina. M. de Thou remarque avec raison
que « toutes ces Assemblées sont les mêmes pour
« le fond; qu'avec les intentions les plus opposées,
« les membres tiennent le même langage, et qu'on
« prétexte le bien public, quoique chacun n'ait en
« vue que son intérêt particulier. »

Louis XVI ouvre en personne les *États-Généraux*, le 4 mai 1789.

La Révolution de 1830 suivit *les Banquets* que
se faisait offrir, dans toute la France, l'homme qui
prétendait au titre fastueux de héros des Deux-
Mondes.

Les Banquets réformistes furent aussi les sen-
tinelles avancées du grand mouvement qui devait
éclater à l'occasion de *celui* du 22 février 1848.

En fait de *Club*, on le voit, il n'y a que le nom
de nouveau.

VII

Quand la justice et le bon droit ne sont pas dans un parti, il faut bien remplacer par quelque autre chose ces deux puissants léviers. C'est à *la Terreur* qu'on demande ordinairement aide et protection : cette arme est commode pour les fauteurs de troubles, gens dont l'existence n'est qu'une conspiration permanente. — Ce code nouveau trouve la sanction immédiate de ses décrets, si monstrueux qu'ils soient, dans la colère aveugle des masses dont on a pris soin, à l'avance, de pervertir la saine raison.

Aussi trouverons-nous toujours la terreur mêlée à toutes nos révolutions.

———

Sous saint Louis elle est répandue dans tout le royaume par les bandes *des Pastoureaux,* dont on connaît les crimes et les excès monstrueux.

Étienne Marcel ne règne dans Paris que par *la Terreur* qu'il avait su inspirer à la partie honnête de la population; il marchait entouré d'une garde proconsulaire à laquelle il désignait ses victimes, et qui exécutait fidèlement ses arrêts.

La puissance usurpée de ce *César* finit comme toutes les usurpations : Marcel fit place à Charles V.

Sous Charles VI, les Anglais régnaient par *la Terreur,* arme dangereuse qui finit toujours par éclater aux mains de celui qui s'en sert. Ils étaient admirablement secondés du reste par Isabeau de Bavière, et ils purent un instant se croire nos maîtres.

La Ligue règne aussi par *la Terreur* qu'elle inspire à toute la France. On sait les horribles massacres que commit cette faction, qui fit tout pour écarter du trône le Roi le plus populaire qui ait jamais été, ce bon Henri, qui voulait que tous ses sujets pussent mettre *la poule au pot* le dimanche. Voilà comment nos Rois entendent l'égalité.

Pendant la Fronde il y eut aussi une Terreur; mais elle fut bien souvent à l'unisson de cette guerre incroyable; elle ne tuait pas par le glaive mais bien par la plume; il coulait alors moins de sang que d'esprit : on redoutait une épigramme, on tremblait devant un couplet!..... O France!

Les temps malheureux de la grande révolution ne sont point encore assez éloignés de nous pour qu'un mot ne suffise pas ici....., et ce mot est : LA TERREUR!

Depuis, on a tenté vainement de relever ce vieux drapeau rouge, sanglant souvenir de nos plus mauvais jours; après la Révolution de février, on voulut aussi essayer de *la Terreur ;* c'était ce qu'on appelait, en langage ministériel d'alors, *révolutionner le pays*, ou, plus poliment, *faire de l'ordre avec du désordre.* Mais le peuple français fit entendre sa voix puissante; il protesta contre ce retour à des idées qui ne sont pas les siennes. — Il protesterait encore s'il en était besoin (1).

(1) Je ne me suis pas servi à plaisir du mot de *terreur,* et si je l'ai souligné toujours, c'est que toujours je l'ai trouvé employé dans les histoires contemporaines.

VIII

Nous retrouvons cinq fois, dans les huit révolutions dont nous nous occupons plus particulièrement, l'élément démocratique avancé, non pas à la tête du mouvement que dirige toujours les meneurs que nous avons déjà vu à l'œuvre, mais égaré à la suite de ces conspirateurs éternels, qui savent bien que jamais la nation française, grande et généreuse par instinct, ne saurait se courber sous leur joug despotique.

Ils comprirent aussi qu'à la place du droit légitime il faut au moins un semblant de droit, et presque toujours ils poussèrent au pouvoir un membre de la famille royale : « L'expérience prouve qu'en tout « pays et en tout temps, dès qu'il se trouve une in- « surrection, les premières espérances des conjurés « se portent sur la famille qui suit immédiatement « celle où le pouvoir suprême est héréditaire (1). »

Pendant que saint Louis soutenait en Orient l'honneur du nom français, un certain Jacob prê- chait en France une autre croisade; il disait aux pauvres que Dieu n'aimait pas les riches, et voulait, par un procédé nouveau, forcer ces derniers à ren- trer en grâce avec le ciel. En peu de temps il eut plus de cent mille disciples, recrutés surtout parmi les gens de la campagne et les bergers, d'où leur vint le nom de *Pastoureaux*.

(1) Conjuration d'Orléans, tome 1, page 6. *Montjoie.*

A mesure que l'association grandissait, Jacob, le Proudhon du XIIIe siècle, changeait de discours, et après avoir parlé croisades en l'honneur du Christ, il se mit à blasphémer le nom de Dieu. Il était soutenu par la populace, qu'il flattait, et par laquelle il faisait exécuter ses arrêts de mort contre les prêtres, et généralement contre tous ceux qui flétrissaient sa mission révolutionnaire.

Nous avons parlé déjà du parti qui poussait au trône le sire de Coucy.

Pendant la captivité de Jean le Bon, c'est Etienne Marcel, prévot de Paris, que nous voyons à la tête du mouvement révolutionnaire; il prêche ouvertement la révolte contre le Dauphin, et fait retentir partout les mots sacramentels d'abus, de réforme, de tyrannie et de liberté; il attaque avec violence les magistrats, les officiers du Roi et le Roi lui-même.

Pendant une absence du Dauphin, Marcel s'empare du pouvoir, commence *à fortifier Paris*, et *fait délivrer des armes à tous ses complices;* il

présente à la tribune populaire un tableau exagéré
des malheurs du pays; il montre la classe pauvre partout opprimée par les nobles et le clergé ; *il fait un
appel* contre eux *à la haine des* **TRAVAILLEURS.**
(On le voit, depuis Marcel, *rien de nouveau.*)

Désespérant de jamais gouverner lui-même, il envoie délivrer Charles le Mauvais, prisonnier pour
crime de haute-trahison, espérant, sans doute, que
sa protection sera généreusement recompensée s'il
parvient à abaisser devant l'usurpation les degrés
du trône royal.

Quel spectacle devait nous donner la grande révolution! Le nom de Robespierre accollé à celui
d'un d'Orléans! Ces prôneurs de révolte que guide
seule l'ambition personnelle, couvrent la France
d'échafauds, et la transforment en un vaste champ
de carnage, après avoir égaré la populace, sur laquelle ils s'appuient avec les mêmes mots de tyrannie, réforme des abus, liberté, etc., etc.

L'Empereur ne parvint pas à détruire le vieux germe de la révolution. Lafayette, *le plus inconsidéré des hommes*, qui serait trop heureux de ce jugement si l'histoire ne laissait pas s'agiter autour de son nom le terrible reproche de lâcheté et de trahison, Lafayette se ressouvint, en 1829, de ces grands mots qui font les émeutes et qui préludent aux révolutions.

Ce prétendu héros avait prononcé jadis ces abominables paroles : « J'ai déjà fait une révolution en « Amérique, je vais en faire une ici, puis j'irai en « faire une à Rome. »

Cet homme avait la manie des révolutions; mais après avoir aidé de tout son pouvoir à l'œuvre d'usurpation, le vieux républicain dit : VOILA LA **MEILLEURE DES RÉPUBLIQUES.** Quelle force de conviction!

Pour d'Orléans, il se montra digne de sa race en renversant le vieux Roi qui l'avait comblé de bienfaits. Les 221 élevèrent contre tout droit et tout de-

voir le fils de Philippe-Égalité au trône de France;
et le 24 février est venu rendre à ce César d'emprunt
tout ce qui lui était dû.

En 1848, nous entendons encore les mots de réforme, d'abus, etc. L'expérience nous a prouvé que
ceux qui les prononçaient alors avec le plus d'enthousiasme n'étaient pas ceux qui désiraient voir
cesser tous ces abus. Blanqui, Barbès, conspirateurs
de profession; Louis Blanc, Albert aux rêveries
subversives et insensées; Ledru-Rollin, le tribun de
la République rouge; quelle *liberté* vouliez-vous
nous donner; comment entendiez-vous l'*égalité*, et
pensiez-vous que la *fraternité*, en France, ne pût
se trouver que sur les degrés de l'échafaud?

Cette devise, fastueusement inscrite sur les ban-
nières *de la veille*, n'était qu'une seconde édition de
la *Charte-Vérité*.

IX

La Providence tient toujours en réserve quelques grands capitaines qu'elle fait apparaître lorsqu'il faut délivrer la France, par la puissance des armes, des hommes que l'épée seule peut convaincre.

Le règne de Charles V est comme illuminé par la chevaleresque figure de Bertrand Duguesclin, la gloire de la France et la terreur des Anglais, qu'il chassa du royaume. Ce vaillant chevalier reçut, après sa mort, le plus glorieux des hommages. — Il était beau ce temps où un général ennemi, esclave de la foi jurée, venait déposer sur le cercueil de son vainqueur les clefs de la forteresse qu'il avait juré de rendre !

Le XVe siècle vit apparaître Jeanne d'Arc, cette virginale assurance de la protection divine sur le royaume des lys. La France est tout entière au pouvoir des Anglais; on ne parle plus que pour mémoire du *roi de Bourges*:—eh bien! ce n'est pas un puissant monarque qui vient offrir au roi de France ses armées et ses trésors; ce n'est point un Duguesclin, dont la bouillante valeur doit guider à la victoire nos rares escadrons; non : — une jeune fille quitte son village, se présente au roi, lui demande des armes, et marche à l'ennemi. Le siége d'Orléans est levé, puis la Pucelle conduit en triomphe son Roi à Reims, où il est sacré.

Sa mission était achevée, mais on ne lui permet pas de se retirer; alors, la vierge de Domrémy se dévoue pour son pays; le 25 mai 1430, elle entre dans Compiègne, assiégé par le duc de Bourgogne, et, le même jour, elle est prise dans une sortie contre les troupes du prince félon. On la livre aux Anglais, et *l'assassinat juridique* venge SEUL les honteuses défaites des éternels ennemis de laFrance.

Henri IV fait lui-même la conquête de son royaume, apaise les factions qui le déchirent, et en chasse les Espagnols.

Napoléon, le plus grand capitaine des temps modernes, met un terme aux saturnales de la République.

Le sous-lieutenant Bonaparte fut aussi imprévu que Jeanne d'Arc. Une fois assis sur le plus beau trône du monde, son ambition lui fit méconnaître la belle mission qu'il avait à remplir, et Dieu le punit en l'écrasant sous le poids de l'Europe coalisée. Puis les descendants des juges de Rouen devinrent les geôliers de Sainte-Hélène. Le duc de Bourgogne leur avait livré la vierge, et l'Europe leur jeta le géant enchaîné.

X

Nous voyons, à trois époques différentes, la coalition des trois ordres de l'État s'élever contre le pouvoir du souverain légitime. Je ne veux pas dire que la révolte ait été absolue et générale; mais seulement que des personnages influents, appartenant à ces trois ordres, remplirent simultanément un rôle marquant dans l'armée du désordre.

Pendant la captivité de Jean le Bon, *Robert le Coq*, évêque de Laon, malgré le caractère sacré dont il est revêtu, ne rougit pas de descendre dans l'arène des passions, et de pactiser avec *Étienne Marcel,* ligué à *Charles le Mauvais.*

Pendant les guerres de la Fronde, Gondi le coadjuteur, plus connu sous le nom de *cardinal de Retz,* s'unit contre l'autorité royale avec *le duc d'Orléans.* Tous deux font cause commune avec les *Frondeurs* les plus exaltés.

La hideuse figure de *Philippe-Égalité,* qui domine tout le commencement de la grande révolution, paraît à côté de celle de *Talleyrand-Périgord,* le prêtre apostat; puis vient Robespierre, entouré des héros du temps : Danton, Marat, Carrier, etc., etc.

XI

La *Constitution !* quelle magique puissance, quelle vertu singulière est donc renfermée dans ce simple mot de Constitution, puisque les révolutionnaires de tous les temps l'ont toujours jeté à la face des souverains qu'ils voulaient renverser !

De nos jours nous avons vu l'Europe se dresser comme un seul homme, et presque tous ses États soulevés à ce cri de Constitution : Naples et la Sicile, l'Allemagne tout entière, Londres, la grande marchande, et Rome, la ville éternelle ! des quatre coins de notre vieux monde, le vent des révolutions nous apportait l'écho de la Constitution. La France elle-même, qui en avait tant usé, voulut s'en refaire une autre, et aujourd'hui elle a fait son temps ; il faut la réviser, c'est-à-dire en élaborer une nouvelle.

Dieu sait, cependant, s'il nous en manque, car, depuis 1789, leur collection suffit à remplir un énorme volume, où sont entassées *toutes les Constitutions qui ont été mises en vigueur ou mêmes préparées depuis soixante ans*. Tel est le titre, et en voici la table :

— La Constitution du 3 septembre 1791.

— L'Acte constitutionnel du 24 juin 1793.

— Le Gouvernement provisoire et révolutionnaire du 22 frimaire an II.

—La Constitution directoriale du 5 fructidor an II.

— La Constitution consulaire du 22 frimaire an VII.

— Le Sénatus-consulte organique de la Constitution de l'an VII.

— Le Sénatus-consulte concernant la régence de l'Empire.

— La Constitution décrétée par le Sénat, le 6 avril 1814.

— La Charte constitutionnelle du 4 juin 1814.

— L'Acte additionnel aux Constitutions de l'Empire.

—Le projet d'Acte constitutionnel du 14 août 1830.

— La Loi sur la régence du 30 avril 1842.

— La Constitution Marrast.

Que de Constitutions!..... hélas!

C'est cependant un bien triste symptôme que cet amour du changement, grâce auquel un peuple, ainsi que l'a dit un savant publiciste (1), ne voit jamais les biens dont il jouit, ni les maux dont il est menacé.

Mais revenons à l'histoire.

(1) Michaud.

Marcel demande une Constitution pour la France, parce qu'il se souvient sans doute de ce que la *grande Charte* a produit en Angleterre un siècle auparavant : le bannissement du Roi qui l'avait octroyée, et qni, depuis cette même Charte, a fait assassiner Édouard V par son oncle ; Charles Ier par Cromwell, et a laissé dépouiller les Stuarts au profit d'un Hollandais.

Louis XVI vote sa mort en signant la Constitution de 1791.

Louis **XVIII** bannit son frère en donnant la Charte de 1814.

Et la violation de celle de 1830, qui était elle-même une violation du droit, est une des causes avouées de la Révolution de Février.

En Espagne, c'est la Constitution votée par Ferdinand VII qui a plongé ce pays dans l'abîme de malheur dont il n'est pas encore sorti.

Je termine par une citation empruntée à *l'ère des Césars*. — A propos de Constitution, M. Romieu a écrit les lignes suivantes: *«qui dit Constitution dit pacte entre des éléments dissemblables, AUTORITÉ! LIBERTÉ!»*

XII

Dans l'histoire des révoltes, il faut surtout inscrire les noms de ceux qui, égarés par l'orgueil ou par de fausses insinuations, sont rentrés ensuite dans la ligne du devoir; car « partout où vient « s'asseoir le repentir véritable, il a droit à la place « d'honneur (1). »

Quand on a eu le courage de confesser son erreur et de reconnaître sa faute, il est rare que l'on

(1) Chronique de Charlemagne. *Al. Dumas.*

ne porte pas haut et ferme le drapeau de l'honneur et du devoir.

Les injures de leurs anciens complices ne manquent pas, il est vrai, aux hommes courageux qui se sont séparés d'une cause injuste ; mais ces injures sont du nombre de celles qui honorent.

———

Sous le règne de saint Louis, Philippe, oncle du jeune Roi, et Robert, comte de Champagne, abandonnèrent les insurgés et vinrent se ranger autour de leur souverain légitime. — Les révoltés les maudirent et les appelèrent *traîtres !...* De tout temps, en France, on a étrangement abusé de la véritable signification des mots.

Sous Charles V, Jean de Crâon, archevêque de Reims, et Jean de Conflans, maréchal de Cham-

pagne, se soumirent à l'autorité royale. — Plusieurs princes imitèrent ce noble exemple : Marcel, alors, les attaqua avec fureur..... « Voyez, dit-il, cet ar-
« chevêque de Reims, voyez ce maréchal de Cham-
« pagne qui péroraient dans les États; vils trans-
« fuges, ils ont repris leur ancienne servitude pour
« nous forger de nouveaux fers plus lourds et plus
« gênants que les premiers!..... Ils nous ont tra-
« his!..... »

Encore les traîtres qui accusent de trahison : « La tactique des factieux a toujours été de mettre
« sur le compte de leurs adversaires leurs propres
« crimes (1). »

Sous Louis XIV, le grand Condé, quelque temps égaré, donne au monde le magnifique spectacle de sa soumission à l'autorité légitime, et vient rendre au grand Roi l'appui de sa vaillante épée.

---

(1). Conjuration d'Orléans, tome 1, page 187. *Montjoie.*

En 1830, c'est *le National* qui répète, non sans quelque raison, les paroles de Marcel ; il ne trouve pas de termes pour qualifier la conduite de ceux de ses amis qui sont devenus ministres ou pairs de France.

Pendant cette période de notre histoire, ce ne sont plus de glorieux retours que nous avons à enregistrer.

Chaque jour, au contraire, voit quelque *ralliement* nouveau — (c'est le terme dont on se servait).

Se rallier au vainqueur est peu glorieux et moins dangereux encore ; aussi n'est-ce pas à ces retours qu'est réservé la place d'honneur. Que reste-t-il de tant de dévouements, aujourd'hui que l'idole est renversée ? La honte, d'abord ; puis le regret, peut-être : car je n'ose pas dire le remords !.....

XIII

Nous remarquerons maintenant que tous les usurpateurs ou tous les prétendants à l'usurpation ont voulu d'abord se rapprocher du trône, et s'élever, pour ainsi dire, sur ses marches, pour avoir à franchir ensuite un moindre espace.

Le titre de lieutenant général paraît avoir été créé dans ce but.

————

C'est Charles le Mauvais qui le porte le premier.

Puis vient le fatal traité de Troyes; tant que Charles VI vivra, Henri d'Angleterre ne portera pas le titre de Roi de France, mais il aura *le gouvernement des affaires*.

Le 9 mai 1588, le duc de Guise, appelé par les Ligueurs, vient aussi *prendre le gouvernement* de la France *rebelle*.

Sous Louis XIV, le duc d'Orléans prend le titre de *lieutenant général* du royaume.

Pendant la grande révolution, un complot avait été organisé pour livrer à d'Orléans *la lieutenance générale* du royaume, et on sait que sa pusillanimité seule le fit avorter.

En 1830, Louis-Philippe accepte *la lieutenance générale* du royaume, puis il imite Charles le Mauvais, il porte la main sur la couronne royale, et, comme ce prince, il est renversé.

XIV

Les révolutions qu'on enfante au nom d'une idée se terminent toujours par le pillage (1).

Nous croyons pouvoir justifier ces mots du savant historien, en examinant comment nos grands réformateurs ont administré de tout temps les finances du pays, et nous verrons que de tout temps aussi nous avons payé leurs bienfaits un peu cher.

(1) *Crétineau-Joly.*

Marcel ruine l'Etat.

Charles VII trouve le trésor entièrement vide.

L'histoire ne dit pas si le bon Henri trouva dans les caisses de l'État de quoi faire recoudre son vieux pourpoint.

Le déficit pour lequel on fit la révolution de 1789 était de 44 millions, et en 1793 il s'élevait à 33 milliards, somme à laquelle il faut ajouter *quelques* dépenses imprévues qui se montaient à 1,645,449,000 francs.

« Au premier départ de Napoléon, le trésor « contenait en numéraire 259,000 francs et 12 « millions en portefeuille; le baron Louis releva la

« fortune publique, et au retour de l'île d'Elbe,
« quand le 20 mars ramena Napoléon, celui-ci
« trouva 28 millions dans les caisses de la trésorerie
« et 20 millions en numéraire. Tout était payé, car
« le baron Louis avait dit : le roi veut payer tout ce
« qu'il doit et même ce qu'il ne doit pas (1).

Après l'entrée des alliés, le conseil général et le
conseil municipal de la Seine firent afficher une pro-
clamation dans laquelle on lisait ces mots : « C'est
« lui (Napoléon) qui, au lieu de 400 millions que la
« France payait sous nos bons et anciens Rois pour
« être libre, heureuse et tranquille, nous a surchargé
« de plus de 1,500 millions d'impôts auxquels il me-
« naçait d'ajouter encore.... »

La révolution de juillet a dépensé les 200 millions provenant de la vente des bois de l'État; les
800 millions restant du milliard d'indemnité; les
50 millions pris à la Casbah d'Alger, et en tombant,

(1) Brochure de M. d'Audiffret.

3

elle nous laisse un déficit de plusieurs milliards.

Le gouvernement de Charles X prélevait 975 millions d'impôts (qui allaient être réduits à 700 lorsqu'éclata la révolution); il faisait 300,000 francs d'économies par jour, économies qui servaient à payer nos dettes. Louis-Philippe, avec un budget de 1,800 millions, ne peut faire face aux besoins du pays, et dépense par jour 500,000 francs de plus que nos revenus.

Le budget de 1831 avait présenté un accroissement de 300 millions sur le dernier budget de la restauration, et les recettes de l'État, si prospères pendant les premiers mois de 1830, ne cessèrent d'aller en diminuant.

En février, les finances sont détruites et le commerce à peu près ruiné; crédit, confiance, tout disparaît devant les funestes projets des hommes qui prétendent ne vouloir que *le bien du peuple*. En attendant, le budget de 1,800 millions est augmenté de 45 pour 100 par toute la France, et de 100 pour 100 dans quelques villes privilégiées, à Lyon par exemple.

Avant les événements de juin, la République dépensait par jour 1,600,000 francs de plus qu'elle ne recevait.

« Le déficit du budget de 1849 était égal à un « budget entier de l'empire. Le budget de l'ancienne « monarchie était de 400 millions, et une révolution « s'est faite pour un déficit de 44 millions (1). »

Et nunc intelligite !

(1) *Gazette de France du* 30 *décembre* 1848.

XV

Nous avons déjà remarqué, en parlant des constitutions, le singulier abus que l'on a coutume de faire en France des mots et de leur véritable signification. Nous allons voir maintenant, à propos des divers bannissements dont les vainqueurs ont frappé les vaincus, que toujours on a employé le mot *à perpétuité*, et que, toujours aussi, cette perpétuité a été de bien courte durée.

On espère remplacer les Désirs par les Mots, et on oublie trop facilement que, pas plus qu'autre chose sur terre, ils ne peuvent éterniser les actes humains.

Au xve siècle, le Dauphin qui, depuis, fut Charles VII, est *banni à perpétuité* du royaume par unegrande assemblée, et les trois quarts de la France ratifient ce décret. — Des royalistes eux-mêmes acceptent le fait accompli. — Il y a toujours eu des lâches!....

La Ligue *bannit à perpétuité* Henri IV, pendant que le duc de Guise demande que la famille des Bourbons soit déclarée inhabile à régner.

La Convention déclare Louis Capet déchu du trône de ses pères et tous ses descendants *indignes d'y remonter jamais;* pour plus de sûreté, elle abolit la Royauté et proclame la République, le 22 septembre 1792.

Louis-Philippe envoie en exil la branche aînée

de sa propre famille, et la loi du 10 avril 1832 la bannit à perpétuité du territoire français. Mais voici venir la République de février, tenant en ses mains la balance de la Justice éternelle; elle chasse honteusement l'usurpateur, et, dans sa séance du 17 mai 1848, l'Assemblée nationale vote à son tour *le bannissement à perpétuité* de la branche cadette des Bourbons.

Maintenant si l'on considère tout ce qu'il y a de vain dans les projets des hommes, on restera confondu et comme abimé en face du Souverain maître du monde, et on prendra en pitié tout ce qui n'est pas son œuvre.

En effet, malgré haines et décrets, nous avons eu le règne brillant de Charles le Victorieux, celui d'Henri le Grand, et enfin celui de Louis le Désiré.

L'avenir ne nous prépare-t-il pas encore un grand règne et quelques grandes leçons dont les enfants ne profiteront pas plus que les pères ?

Dieu est grand !

XVI

On a fait encore, en France, un grand abus du serment : on jurait des dévouements éternels tout comme l'on bannissait à perpétuité. Les deux actes se ressemblaient fort ; cependant on a dit avec une grande vérité : « Le refus d'un serment « n'est jamais coupable, sa violation seule est criminelle (1). »

(1) Éloge de M. de Bourmont.

Nous voyons d'abord Bedfort, cet insolent Anglais, obliger tous les Français, *sans exception*, à prêter à la Grande-Bretagne un *serment de fidélité*. — Dérision!.....

Après l'assassinat de Guise, sous Henri III, la Sorbonne délie les Français de leur *serment de fidélité*.

Pendant le cours de la grande révolution, tous les fonctionnaires publics sont soumis à cette formalité. — Eh quoi! espérait-on engager par un serment la conscience de gens qui n'en avaient pas, et à qui manquaient jusqu'aux premières notions des idées de justice ou d'humanité? Quelle folie!

Louis-Philippe porta plus loin encore, si c'est possible, cette manie des serments. — Il aurait dû cependant savoir par lui-même ce qu'ils valent et à quoi ils servent, quand celui qui le prête n'est pas un homme d'honneur.

La république de 1848, moins inconséquente, eut le bon esprit d'abolir cette vaine formule, et d'établir en principe qu'il faut compter plus sur l'homme que sur son serment; car il est honnête ou non. — Le tout est donc de bien choisir.

XVII

Il n'est pas jusqu'aux *poignées de mains* que l'on retrouve à certaines époques néfastes de notre histoire. — Cette *fraternité en action* n'est donc pas même nouvelle, et c'est toujours en flattant la multitude qu'on l'attire dans le parti de la sédition.

———

Les Mémoires du temps de la Ligue nous apprennent que Guise, en entrant à Paris, le 9 mai

1588, fut entouré par la multitude à laquelle il distribua force *poignées de mains*.

On sait assez quelles furent les bassesses de Philippe-Égalité pour la populace qu'il soudoyait, et dont il se servait ponr consommer ses horribles attentats.

Les poignées de mains du Roi citoyen ont passé en proverbe, et on n'a point oublié la *Marseillaise* chantée du haut de son balcon (1). Alors c'était le beau temps de l'hymne révolutionnaire; seulement,

(1) On sait que des gens du peuple avaient inventé cette industrie nouvelle : Un étranger, arrivant à Paris, voulait-il entendre le fameux chant exécuté par S. M. Louis-Philippe, en personne, il s'adressait à ces étranges régisseurs des pompes royales qui hurlaient immédiatement sous les fenêtres du vertueux citoyen; lequel, s'empressait de répondre aux vœux de son bon peuple, et entonnait aussitôt l'hymne sanglant ! . . .

depuis, le Roi des héros de Juillet fit emprisonner ceux qui répétaient ce vieux air, bon pour l'élever au trône, mais non pour l'en précipiter.

XVIII

C'est toujours par trop de bonté qu'ont péché ces Bourbons de la branche aînée qu'on a bien voulu représenter comme d'abominables tyrans altérés du sang de leurs sujets; il serait impossible cependant d'en trouver une seule goutte versée pour leur querelle.

C'est donc leur bonté seule qui les a *toujours* perdu, et parfois on est tenté de s'écrier : « Il est

« des temps ou les Rois veulent être servis comme
« malgré eux (1). »

———————

Le duc de Guise eut l'insolence de venir dicter,
en quelque sorte, des conditions à Henri III; le Roi
quitte Paris et se retire devant l'émeute qui grondait
autour de son palais. — En apprenant cette nouvelle, le duc de Guise s'écria : « Je suis un homme
« mort, le Roi s'en va pour me perdre! »

« Puisque le duc, dit Pasquier, avait eu l'impu-
« dence de venir, lui septième, le Roi aurait dû le
« faire arrêter; il le pouvait, parce qu'il avait pour
« lui tous les capitaines des quartiers, les Cours, la
« bonne bourgeoisie, et 4,000 Suisses, outre sa
« garde. Le menu peuple n'aurait branlé; il le pou-

(1) Cinq-Mars. *Alf. de Vigny.*

« vait le jeudi matin même (jour de son départ), si,
« par une mauvaise politique, il n'avait pas, pour
« ainsi dire, lié les mains de ses soldats en leur dé-
« fendant de fondre sur le peuple dès qu'il com-
« mença les barricades. »

Louis XVI est arrivé jusqu'à l'échafaud pour
n'avoir pas voulu laisser réprimer, par la force, les
émeutes sorties de sa clémence sans nom; et pour
avoir répété jusqu'à ses derniers moments : « Je ne
« veux pas qu'il soit versé une goutte de sang pour
« la défense de ma personne! »

Le Roi-martyr aurait pu empêcher l'attentat des
5 et 6 octobre, celui du 10 août, et tant d'autres, en
laissant seulement agir ses soldats. Il aurait dû faire
arrêter le duc d'Orléans , convaincu d'accaparer les
grains (le Roi en avait alors toutes les preuves en
main), et de fomenter toutes les émeutes, au lieu de
le laisser partir pour l'Angleterre; et le peuple aurait su alors où étaient ses véritables amis; il aurait
opté entre celui qui avait tout fait pour lui et l'homme

qui voulait l'affamer, et le pousser ainsi à la révolte afin de parvenir lui-même au trône.

En 1830, Charles X, au lieu de partir pour Rambouillet, aurait pu, lui aussi, faire arrêter Louis-Philippe, parce que, comme Henri III, il avait pour lui toute la saine partie de la population et les régiments suisses, outre ceux de sa garde; et *le menu peuple* du XIXe siècle *n'aurait pas plus branlé* que celui du XVIe. — Comme son frère, Charles X a lié les mains de ses soldats *en ne voulant pas qu'il fût versé une goutte de sang pour lui.*

Quoi qu'il en soit, on ne saurait refuser aux Bourbons de la branche aînée ce témoignage, qu'ils ont toujours obéi aux vœux du peuple français, qu'ils n'ont jamais rien fait pour conserver, par la force des armes, un trône qui leur appartenait à tant de titres; et, en terminant, nous verrons qu'ils ne sont jamais revenus l'occuper sans avoir été rappelés par ce même peuple qui les avait chassés dans son délire. « Les temps qui avaient vu la ruine de la légi-

« limité », a dit un jour M. Guizot, « ont vu sa résur-
« rection; les hommes qui l'avaient renversée l'ont
« rétablie; les pouvoirs qu'elle condamnait s'en sont
« emparés : elle donne à la vie sociale, dans le passé
« et l'avenir, cette étendue, cette perpétuité, qui est
« un des plus profonds besoins de notre nature. »

Le témoignage de cet homme ne peut être suspect
en pareille matière, et l'avenir sanctionnera par des
faits de si nobles paroles.

XIX

Nous avons parlé de traîtres et de parjures; nous aurions dû ajouter aussitôt après que la France est, *quand même*, le pays des cœurs généreux et des nobles âmes; c'est la terre classique du dévouement et de l'abnégation personnelle.

Si, depuis longtemps déjà, elle a été épouvantée par le manque de foi et de courage de plus d'un de ses enfants, elle n'a point oublié que c'est dans son sein que la vieille chevalerie a pris naissance. Si nous sommes effrayés de ces grands revirements politiques, si nous sommes condamnés à vivre avec les *jureurs* du jour, la fidélité du grand nombre nous console et nous sert de gage pour l'avenir.

Je ne ferai ici qu'un seul rapprochement, qui suffira, je pense.

Lorsque Henri III eut quitté Paris, le duc de Guise prit possession du pouvoir; il se rendit ensuite auprès de Achille de Harlay, le premier président, pour lui dire d'assembler sa compagnie, afin d'aviser aux mesures à prendre. Après avoir achevé la promenade que ce grave officier n'avait pas daigné interrompre pour un rebelle, il répondit à Guise : « Quand la majesté du prince est violée, le « magistrat n'a plus d'autorité; c'est grand pitié, « monsieur, quand le valet chasse le maître. Au « reste, mon âme est à Dieu, mon cœur est au roi, « mon corps est entre les mains des méchants. »

Guise s'adressa alors au président Brisson, qu'il trouva plus complaisant.

Le même fait se présente en 1830. Ici, c'est le noble marquis de Pastoret qui abdique ses fonctions de grand-chancelier de France, en même temps que Charles X abdiquait sa couronne, et M. Pasquier, baron de l'empire, s'empressant de cacher ce qu'il appelait *ses erreurs politiques*, sous la vénérable simarre de l'illustre Pastoret.

Puisse Dieu pardonner cette faute à M. Pasquier, et lui éviter surtout la fin de Brisson, dont il a si déplorablement suivi l'exemple (1).

(1) Frédéric Dellé. *Les six Restaurations*

XX

Il est encore une sorte de rapprochements, plus curieux qu'instructifs, qu'il ne faut pas négliger; ce sont les rapprochements de dates, de mois, de mots ou de noms.

En voici quelques-uns :

————————

Le mois de juillet est célèbre à plus d'un titre dans l'Almanach des révolutions;

La Ligue se forma en juillet par le pacte d'union, et fut détruite en juillet par l'abjuration de Henri IV, qui eut lieu le 25 juillet 1590.

La Révolution de 1789 commença le 14 juillet par la prise de la Bastille, et finit le 8 juillet 1814, par la rentrée à Paris de Louis le Désiré.

La Révolution de 1830 commença le 27 juillet.

Le 15 juillet, enfin, est consacré à Saint-Henri!

De tous ces anniversaires, on n'en fête plus qu'un seul aujourd'hui, c'est celui du 15 juillet.

Louis XIV s'appela Dieudonné, comme Philippe-Auguste; il naquit en septembre 1638, après le vœu du 15 août 1637.

Le duc de Bordeaux se nomme aussi Dieudonné, et il naquit le 29 septembre 1820, jour de la fête de saint Michel.

Charlemagne est couronné empereur par le pape, à Rome, le 25 décembre 800.

Napoléon est sacré empereur par le pape, à Paris, le 4 décembre 1804.

Le 20 mars, Napoléon débarque à Cannes, venant reprendre possession des Tuileries. Le 20 décembre, Louis-Napoléon est proclamé président de la République.

C'est au mois de décembre, encore, que Napoléon s'est présenté au Directoire, le traité de Campo-Formio d'une main , et·soixante-seize drapeaux ennemis de l'autre.

C'est toujours dans le mois de décembre qu'a lieu le couronnement de l'empereur, et la première distribution de croix d'honneur aux Invalides.

Il n'y a que trois souverains qui aient régné *exactement* une ou plusieurs dizaines d'années, et chacun de ces princes a commencé ou fini par l'exil ou la captivité :

Charles le Simple — 30 ans — de 893 à .923 ; il est mort à Péronne, en 929, prisonnier de ses sujets révoltés.

Napoléon empereur — 10 ans — de 1804 à 1814. Il est mort à Sainte-Hélène.

Louis XVIII — 10 ans — de 1814 à 1824. La révolution l'avait exilé.

Le duc de Berry est assassiné dans le mois de février!

Louis-Philippe est détrôné dans le mois de février! Ce rapprochement est peut-être plus juste qu'il ne le paraît au premier abord....

Comme Marie-Antoinette, aux mêmes lieux, à un demi-siècle de distance, Marie-Amélie exhorte son époux à mourir à la tête de ses troupes. — Le premier meurt en saint. — Le second fuit.

Charles X, au dernier moment, *voulut abdiquer en faveur de son petit-fils;* IL EST TROP TARD! lui fut-il répondu.

Louis-Philippe, lui aussi, *voulut abdiquer en faveur de son petit-fils;* mais il lui fut aussi répondu : **IL EST TROP TARD.**

Charles X s'éloigne *avec son petit-fils, âgé de 10 ans;* il part *après la conquête d'Alger.* Le duc de Berry, *héritier direct du trône,* était tombé sous le couteau d'un lâche assassin.

Louis-Philippe s'éloigne *avec son petit-fils, âgé de 10 ans;* un grand triomphe n'a point précédé son départ; mais la prise d'Abd-el-Kader peut être considérée *comme la consolidation de la conquête d'Alger.* La Providence avait complété le rapprochement, en frappant le duc d'Orléans, *héritier direct* de l'usurpation; ce prince fut tué dans le chemin de la Révolte.

Il est une différence cependant, que le peuple dans sa justice a hautement reconnu : c'est que Charles X est parti pauvre pour l'exil, et que tout le monde n'a pas ajouté une foi bien vive aux prétendues misères de la famille d'Orléans.

Blanche de Castille confia une partie de l'éducation de son fils au connétable de Montmorency, et ce fils fut saint Louis.

A sept siècles de distance, c'est encore un Montmorency qui est nommé gouverneur de monseigneur le duc de Bordeaux.

La Ligue *tue* un roi (Henri III), *proclame la déchéance* de son successeur (Henri IV), et *couronne* ensuite *un autre souverain* (le Cardinal de Bourbon). Puis Henri IV remonte sur le trône.

La Révolution *tue* un roi (Louis XVI), *proclame la déchéance* de sa famille, *couronne* Napoléon; ce qui n'empêche pas Louis XVIII de s'asseoir sur le trône de ses pères.

En 1830 — trois journées — le mardi, le mercredi et le jeudi.

En 1848 — trois journées — le mardi, le mercredi et le jeudi.

En 1830, un homme du peuple s'assied dans le fauteuil royal.

En 1848, un homme du peuple s'assied dans le fauteuil royal.

La Convention de 1792 tint sa première séance dans le local actuel du Conservatoire des Arts et Métiers, où Ledru-Rollin s'était établi le 13 juin 1849.

XXI

Patrie ! *Patriote ! Patriotisme !* Ces trois mots reviennent sans cesse dans la prose écrite ou parlée des révolutionnaires ; voyons-les donc à l'œuvre, en ne les prenant que depuis la Restauration.

———

En 1823, les libéraux s'étaient transformés en *Descamisados ;* ils fêtaient Mina et les Cortès.

Quant à *l'armée française*, elle n'obtenait de leur part que risées et mépris. — Patriotisme!

Sous Charles X, ces mêmes libéraux ou révolutionnaires avaient passé *aux Arabes;* cependant, il ne s'agissait pas alors d'Abd-el-Kader, et les ennemis de la France étaient ceux de la civilisation entière : misérable horde de brigands, écumeurs de mer retirés derrière leurs murailles, invincibles jusqu'au jour de notre conquête, et cependant un journal, annonçant la prise d'Alger, demandait en même temps *la mise en accusation du général de Bourmont.* — Patriotisme!

Sous Louis-Philippe, on appelait « conservateurs » les députés qui votèrent l'indemnité Pritchard! Conservateurs de leurs intérêts! à coup sûr, mais peu *patriotes.*

Nos montagnards républicains ne dissimulèrent pas leur sympathie pour la *République romaine*. Un représentant (Pilhes) poussa l'impudeur jusqu'à se glorifier, à la tribune, d'avoir un frère dans les rangs des insurgés *qui combattaient contre notre brave armée!*

Il est une chose, cependant, de nature à nous faire comprendre, autant que faire se peut, la raison de ces contre-sens éternels entre les mots et les faits, et pour cela il suffit de faire quelques recherches sur les antécédents des libéraux (quand je dis libéraux, je dis aussi révolutionnaires de tout genre), et de voir où ils vont recruter leurs soldats. — Je pourrais citer tout d'abord les révolutionnaires toscans appelant à leur aide les *frères et amis*, détenus au bagne de Livourne; mais la *France qui est assez riche pour payer sa gloire,* l'est assez aussi pour nous fournir deux ou trois rapprochements qui suffiront à ma thèse.

La prise de la Bastille n'était pas autre chose qu'une amnistie donnée par le peuple révolutionnaire aux prétendues victimes de la tyrannie et du despotisme ; on sait, aujourd'hui, quelles étaient ces victimes !

Le gouvernement de Juillet fait amnistier, par une loi, tous les condamnés politiques depuis 1815, et Lafayette présente au nouveau roi ces victimes, en prenant fièrement la qualité, trop bien méritée, de leur complice (1).

Après la révolution de Février, un décret amnistia, à son tour, tous les condamnés depuis 1830. C'était justice, ou mieux, fraternité de gouvernants à amnistiés. Puis, on institua, en outre, une *com-*

(1) Esquisse sur Louis-Philippe, *par M Boulé.* (Page 92.)

mission des récompenses nationales pour indemniser *les victimes de la tyrannie monarchique,* et tous ceux qui avaient souffert pour la cause du peuple. — On n'a pas oublié encore l'effet produit par la publication des listes, et quel accueil la France fit aux noms de ces *patriotes !*

Dis-moi qui tu hantes, je te dirai qui tu es.

Voilà les patriotes ; jugez de leur patriotisme !

XXII

Nous remarquerons maintenant que, depuis long-temps, on voulait proclamer la République en France, et que son nom a été prononcé au milieu de tous nos troubles.

Le maréchal de Brissac, que Mayenne avait chargé, en son absence, du gouvernement de Paris, entama une négociation secrète avec le Roi : « Ce « seigneur, dit Voltaire, au milieu des troubles, avait

« eu d'abord le dessein de faire de la France *une*
« *République;* mais un échevin nommé Langlois,
« homme qui avait beaucoup de crédit dans la ville,
« et des idées plus saines que le maréchal de Brissac,
« le ramena à son sentiment. »

Sous la Fronde, on eut aussi l'envie de proclamer
la République; mais les principes conservateurs
l'emportèrent, « parce que, dit Jérôme Bignon, ils
« sont gravés, non dans le marbre ou sur du cuivre,
« mais dans le cœur des Français. »

C'est le 22 septembre 1792 que fut établie la première République française, avec cette devise : *Liberté, Égalité, Fraternité* ou la mort!

Heureux temps que celui-là!....

Après avoir causé à la France d'irréparables malheurs, et s'être souillée de tous les crimes, la République Une et Indivisible glissa dans le sang qu'elle

avait fait répandre, et s'écroula à la voix du peuple qui l'avait acclamée!

.

En 1848, la populace de Paris, excitée par ses meneurs, proclame encore *la République,* et elle la proclame au nom du peuple français.

Les provinces l'ont acceptée cette République, tout ce qui pouvait délivrer le pays de la monarchie bâtarde de 1830 étant un bien relatif; seulement elles l'ont transformée en une République des honnêtes gens. Quel sort lui réserve l'avenir, ou plutôt sommes-nous vraiment bien en République?

XXIII

Depuis la Fronde, la France a toujours adopté, au début de ses crises politiques, un signe que j'appellerai *de civisme;* il faut, avant tout, quelque chose qui parle aux yeux de ce peuple *d'enfants terribles,* et c'est à ces époques funestes de troubles et de révolutions que l'on fait mentir le vieux proverbe; car, alors, c'est toujours l'habit qui fait le moine.

Après les massacres de l'Hôtel de Ville, le 4 juillet 1652, chacun porte à sa boutonnière *quelques brins de paille,* comme signe de ralliement contre les Mazarins que l'on voulait brûler vifs.

Après la prise de ce même Hôtel de Ville, au commencement de la grande révolution, on vendait fort cher *des nœuds de rubans tricolores,* que l'on attachait à sa boutonnière pour ne pas être insulté par la populace.

Après les journées de juillet 1830, on vendait fort cher, comme tout ce que nous a *donné,* du reste, *le Gouvernement à bon marché,* des rubans et des cocardes, qu'il fallait porter, sous peine de passer pour *un mécontent du lendemain,* et d'être en butte aux violences des soi-disant héros.

6

Après le 24 février, il fallut porter d'abord le ruban rouge, puis, après les magnifiques paroles de M. de Lamartine, le ruban ou la cocarde tricolore : sans ces insignes on était infailliblement *un satisfait de la veille,* ou même et surtout de *l'avant-veille.*

Pauvre France ! qui ne voit jamais que la superficie des choses ; approfondir, raisonner, serait trop grave pour elle.

XXIV

Montons, maintenant, sur *les barricades*, et voyons si, du sommet de ces pyramides éphémères, nous n'apercevons rien de semblable à l'horizon de l'histoire.

Nous trouvons, tout d'abord, à la date du 12 mai 1588, un complot fameux qui éclata ce même jour, et auquel on a conservé le nom de *complot des barricades*.

En 1789, autres *barricades*.

En 1830, c'est encore *une barricade* qui sert de marchepied à Louis-Philippe pour s'élever au trône royal; mais c'est au pied d'une autre *barricade* qu'il vient se heurter et tomber en 1848.

Mais, du singulier observatoire sur lequel nous sommes placés, dans un but honnête et plus que modéré, quelles sont ces clartés que l'on aperçoit à l'heure où la nuit devrait nous envelopper de ses ombres peu protectrices? Ce sont *des lampions!*

Eh quoi! la révolution de 1848 ne peut pas même revendiquer cette lumineuse invention?

Nous lisons en effet, dans un ouvrage contemporain de la grande révolution, que le duc d'Orléans saisit le prétexte du retour de Necker et du départ de Brienne, pour exciter des troubles sérieux; que la place Dauphine en fut le théâtre ; un charivari y fut organisé, et la bouillante jeunesse, accourue des faubourgs et du Palais-Royal, « se livrait à toute la « pétulance de son âge, *contraignait de mettre des* « *lampions sur les croisées, lançait des pierres à* « *celles qui n'étaient pas éclairées, tirait des* « *fusées, faisait des feux de joie, et dans ce tu-* « *multe il arrivait toujours quelques fâcheux acci-* « *dents.....* »

De quelle République parle l'auteur de ces lignes ? Lampions et fusées, vous n'êtes donc, vous aussi, qu'un vieux souvenir ! Mais il restera à la dernière révolution *la chanson des Lampions*, et même *l'air*.

XXV

Nous avons parlé des *bannissements à perpé-tuité,* et il ne sera pas sans intérêt de voir, avant de terminer cette trop longue *Etude histo-rique,* ce que signifie « perpétuité » dans le diction-naire des révolutions.

Perpétuité de l'amour, perpétuité de la haine; hélas! il n'y a rien d'éternel en ce monde hors du droit et du devoir, et on ne bannit guère que pour rappeler ensuite. C'est ce que l'on est convenu de nommer *Restauration.*

En remontant à trente-cinq ans, nous aurions trois exemples de la vérité de ce que j'avance, et pour cela je n'aurais qu'à citer l'exilé d'Hartwell, celui de Reichenau, et le prisonnier de Ham; mais ne nous laissons pas glisser trop rapidement sur cette pente douce des restaurations, et conservons jusqu'à la fin notre rôle de *copiste de l'Histoire de France.*

Pendant la régence de Blanche de Castille, Mauclerc et Lusignan prolongèrent leur rébellion dans l'intérêt de leur ambition. Le sire de Coucy prétendait, avec le premier, à la couronne, tandis que Lusignan ne combattait que pour les priviléges de la noblesse.

On tenta d'enlever le jeune Roi dans la forêt d'Orléans; mais Thibaut, ramené au parti royal par quelques paroles gracieuses de la Reine, fut averti du projet des conjurés; il accourut à la rencontre de Louis IX, et l'entraîna dans la forteresse de Montlhéry, où sa mère se hâta de le rejoindre : « In-« dignée à l'annonce de la félonie de Mauclerc et de « Lusignan, la bourgeoisie de Paris courut aux « armes, et, par un mouvement spontané, les che-« valiers, les citadins, les paysans même se trouvè-« rent confondus sur la route, les uns armés de « pied en cap, les autres portant des fourches de « fer, des pieux, etc., etc., et cette bizarre armée « s'étendit des portes de la capitale jusqu'aux rem-« parts de Montlhéry; ce fut entre deux haies de ces « phalanges populaires que le Roi et sa mère rega-« gnèrent Paris, fatigué, enfin, des convulsions où « l'ambition de quelques hommes jetait la France. »

Saint Louis n'avait pas été banni, mais, à coup sûr, il l'aurait été sans le dévouement de Thibaut de Champagne et l'amour de son peuple. En citant ce fait ici, je ne m'écarte donc pas beaucoup de mon sujet.

Il est essentiel de lire avec attention et de peser
en quelque sorte tous les mots de la citation sui-
vante ; on peut en faire une application directe et
vraiment merveilleuse à une époque très-rapprochée
de nous.

En changeant les noms, tous les faits restent.

C'est du bon temps où Étienne Marcel gouvernait
Paris qu'il s'agit.

« Lorsque le délire de la révolte, dit M. F. Dollé
« dans son excellent ouvrage des Six Restaura-
« tions, eut fait place à la vérité, on ne fut pas
« longtemps sans s'apercevoir que ce que l'on appe-
« lait les délibérations des États-Généraux n'*étaient*
« *que les tyranniques volontés d'un petit nombre*
« *d'ambitieux.* De quel droit, disait-on alors, *Mar-*
« *cel et ses acolytes* veulent-ils gouverner la France
« et faire la loi aux États?... *Si nous avons réclamé*
« *contre les abus d'une autorité* légitime, souffri-
« rons-nous les excès d'une puissance usurpée?.....
« On résistait aux volontés du Roi et du Dauphin,

« *et l'on fléchira sous le joug d'un Marcel, d'un*
« *Cousac, d'un Griffart, d'un Jean Delille?* Bien-
« tôt ils se déclareront seigneurs et maîtres, et *ils*
« *se diraient les vengeurs de la liberté et des droits*
« *des nations. Et quels maux ont-ils guéri? Quels*
« *abus ont-ils corrigé? A quels besoins ont-ils*
« *pourvu?...* Ils n'ont rien fait que *pour leur bien*
« *particulier.* Que, désormais, ils exécutent donc
« seuls leurs desseins ; nous sommes las d'être les
« complices d'un forfait dont nous sommes les pre-
« mières victimes..... En suite desquelles réflexions,
« *Charles V fut reçu* EN TRIOMPHE *dans sa capi-*
« *tale* (1). »

La ravissante figure de Jeanne d'Arc domine
toute l'époque d'affreux malheurs et de gloires nationales qui commence sous Charles VI et vient abou-
tir au règne mémorable de Charles VII. La vierge

(1) Histoire des six Restauration ; — Paris **1841**. *Deuxième*
édition !

de Domrémy ranime, par sa mission toute divine, le courage des Français ; et les Anglais, réduits à lut_ter avec leurs propres forces, sont enfin chassés du sol de la France. — Le 12 novembre 1437, la population de Paris se pressait presque tout entière à Saint-Denis, « *enchantée*, dit une chronique du « temps, *de voir son Roi légitime après vingt ans* « *d'absence ;* le peuple était ivre de joie ; des ré-« jouissances publiques eurent lieu partout », et celles-là n'étaient pas réglées par un programme ministériel ; c'était bien le cœur qui les ordonnait.

Le Roi et le Dauphin *rentrèrent à Paris*, armés de toutes pièces et la tête découverte ; ils se rendirent immédiatement à Notre-Dame.

A cette époque déjà, la famille de Saint-Louis était une *dynastie déchue* qui avait eu ses *vingt ans d'exil !*

Les ligueurs voulurent, à leur tour, faire la loi au royaume ; ces révoltés ambitieux commirent tous les crimes et se livrèrent à tous les excès ;

mais le peuple se fatigua bientôt de ces maîtres
d'une nouvelle espèce. Aussi le jour de l'abjuration
du Roi Henri IV (25 juillet 1593), les Parisiens
se rendirent en foule à Saint-Denis, malgré la
défense des Seize. « Ce jour-là, dit Sully, arriva
« une si grande affluence de peuple, noblesse et
« autres gens de qualité de la Ligue, à Saint-
« Denis, qu'on ne pouvait quasi tourner par les
« rues ; lesquels, ne pouvant ajouter foi à ce que
« l'on publiait de la conversion du Roi, cher-
« chaient des lieux de tous côtés, dans l'église de
« Saint-Denis et sur le chemin du logis du Roi en
« icelle (car le Roi le voulut alonger exprès pour
« les contenter), afin de le voir à la messe, ou, pour
« le moins, en y passant pour y aller ; tous lesquels
« ne l'eussent pas plus tôt vu, avec sa bonne mine,
« que, depuis le plus grand jusqu'au plus petit (fort
« peu exceptés), ils ne criassent : Vive le Roi ! avec
« acclamations, levant les mains au ciel, et criant
« sans cesse : Ah ! Dieu le bénisse et le veuille bien-
« tôt amener en faire autant dans notre église de
« Notre-Dame ! (la cathédrale de Paris) ; lui donnant

« des louanges, et priant Dieu pour sa prospérité ,
« bonne et longue vie. »

Henri IV fit son entrée à Paris le 25 mars 1594 ;
le bonheur du peuple et ses transports tenaient du
délire. — Avec le Roi légitime reparurent aussitôt
crédit, confiance et travail ; à ce point que les Mémoires du temps ajoutent : « Que, dans l'après-midi,
« les boutiques étaient toutes ouvertes, et que l'on
« travaillait dans Paris comme s'il n'avait jamais été
« question de guerre. »

Partout, sur le passage d'Henri IV, on criait :
Vive le Roi ! et il répondait alors à ceux qui l'en-
tourait : « Je vois bien que ce pauvre peuple était
« tyrannisé ! »

La Fronde se présente avec des caractères qu'on
ne trouve à aucune époque de notre histoire ; nous
n'avons en effet, à cette époque, ni la démagogie
furieuse d'un Marcel, ni le fanatisme religieux de la
Ligue, ni une invasion triomphante, comme sous
Charles VII, et ce sont pourtant les mêmes ambi-

tieux qui s'agitent ; c'est toujours la guerre contre la royauté, faite par des princes du sang aidés par une populace ingrate et aveuglée. « La masse des « révoltés n'en voulait qu'à Mazarin , tandis que *la* « *minorité orléaniste seule voulait opérer un chan-* « *gement de dynastie,* au moyen de la guerre dirigée « contre le ministère. » Qu'avons-nous eu depuis, après 1789, et avant 1830?.....

Il faut bien encore remarquer l'empressement avec lequel le peuple courut au-devant de son Roi, lors-qu'il eut reconnu que lui seul pouvait faire son bon-heur en assurant la paix générale et en calmant les factions qui ruinaient le royaume. — Aussi, le 21 octobre 1652, Louis XIV *fit sa rentrée dans Paris au milieu des acclamations unanimes du peuple.*

Dans la grande révolution, nous trouvons toutes es passions mauvaises surexcitées par les saturnales du règne de Louis XV. — La démoralisation, lors-qu'elle descend du trône, ressemble à ces torrents dont la course est plus rapide , et les ravages plus grands en raison de la pente des lieux qu'ils parcourent. Nous retrouvons, à cette époque néfaste de notre histoire, des figures qui ne nous sont point inconnues. — C'est d'abord Mauclerc et Lusignan sous les traits du duc d'Orléans et de Mirabeau; ce dernier, seulement, ne défendait pas les priviléges de la noblesse. Marcel s'est déguisé sous le masque de Robespierre. Robert le Coq et Gondy n'auraient pas trahi leur mission sainte, s'ils avaient pu prévoir qu'un Talleyrand les imiterait un jour.

A cette époque encore et toujours, le peuple est aveuglé par d'infâmes meneurs; il souffre autant et plus qu'auparavant; pour lui, *la liberté* n'est que le pouvoir de faire le mal impunément. — *L'égalité* divise tous les citoyens en deux classes : bourreaux et victimes; et c'était du haut de l'échafaud que les prêtres de la religion nouvelle jetaient à la foule le mot de *fraternité,* car, à cette devise fameuse, on avait ajouté *ou la mort* pour décider ceux qui auraient pu penser avec Rousseau, que « la liberté « est un aliment de bon goût, mais de forte diges- « tion, et qu'il faut des estomacs bien sains pour la

« supporter. » A quoi l'auteur du *Contrat social*
ajoute aussitôt : « Je ris de ces peuples avilis, qui,
« se laissant ameuter par des ligueurs, osent parler
« de liberté sans même en avoir l'idée, et le cœur
« plein de tous les vices des esclaves, s'imaginent
« que, pour être libres, il faut être des *mutins*. »

Les mots de *réforme* et d'*abus* ont encore soulevé
les mêmes tempêtes ; un jour enfin, fatigué des spectacles sanglants qu'on lui offrait tous les jours, dé-
cimé ensuite par l'insatiable ambition de Napoléon,
accablé de honte par l'invasion de son territoire, le
peuple français fit entendre sa grande voix, et le
premier cri qui s'échappa de son cœur fut celui de :
Vive le Roi ! vieux cri d'honneur et de gloire qui
avait aidé à remporter tant de batailles, et qui,
jadis, retentissait toujours en signe de joie et de
bonheur.

Le 12 avril 1814, S. A. R. le comte d'Artois fait
son entrée dans Paris, *au milieu des acclamations
universelles ;* il annonçait l'arrivée de Louis le
Désiré !

En 1830, les masses se soulèvent encore pour *la réforme des abus* et *la conquête de la liberté, etc.* On prétend toujours n'en vouloir qu'au ministère, tandis que la minorité orléaniste ne poursuit que la réalisation de son rêve favori... Nous avons vu Louis-Philippe sur le trône et dans l'exil; il est mort aujourd'hui, et le temps des récriminations et des haines est passé. Dieu a jugé! et si notre DEVOIR est d'attendre, nous avons le DROIT d'espérer..... L'espérance ne fut jamais un crime !

CONCLUSION

On l'attend!....

On l'espère!....

Et quand tout sera dit, il faudra bien répéter encore :

RIEN DE NOUVEAU !

Note de la page 14.

«..... Quand il n'y aurait en France que cette
« maison de France dont la majesté étonne, encore
« pourrions-nous, en fait de gloire, en remontrer à
« toutes les nations et porter un défi à l'histoire.

« Sujets avant d'être rois, les Bourbons moururent
« pour les Français avant que les Français ne mou-
« russent pour eux : Pierre de Bourbon fut tué à la
« journée de Poitiers, Louis de Bourbon à celle
« d'Azincourt, François de Bourbon à celle de

« Sainte-Brigide, Antoine de Bourbon au siége de
« Rouen.

« Les femmes de cette famille donnèrent de grands
« monarques à la France en attendant le règne de
« la lignée masculine : Marguerite de Bourbon, du-
« chesse de Savoie, fut l'aïeule de François 1er.
« Lorsque les Bourbons, alliés à plus de huit cents
« familles militaires, eurent reçu tout ce qu'il y
« avait d'héroïque dans le sang français, la Provi-
« dence fit paraître Henri IV et les Condés.

« Les Capets régnaient lorsque tous les souve-
« rains de l'Europe étaient encore sujets. Les vas-
« saux de nos Rois sont devenus Rois ; les uns ont
« conquis l'Angleterre, les autres ont régné en
« Ecosse ; ceux-ci ont chassé les Sarrazins de l'Es-
« pagne et de l'Italie, ceux-là ont formé les États de
« Portugal, de Naples et de Sicile. La Navarre et la
« Castille, les trônes de Léon et d'Arragon, les
« royaumes d'Arménie, de Constantinople et de Jé-

« rusalem ont été occupés par des princes du sang
« capétien. En 1380, plus de quinze branches com-
« posaient la maison de France, et cinq monarques
« de cette maison régnaient ensemble dans six mo-
« narchies diverses, sans compter un duc de Bre-
« tagne et un duc de Bourgogne. En tout, une
« seule famille a produit cent quatorze souverains ;
« trente-six rois de France depuis Eudes jusqu'à
« Louis XVIII ; vingt-deux rois de Portugal ; onze
« rois de Naples et de Sicile ; quatre rois de toutes
« les Espagnes et des Indes ; trois rois de Hongrie ;
« trois empereurs de Constantinople ; trois rois de
« Navarre de la branche d'Evreux et Antoine de la
« maison de Bourbon ; dix-sept ducs de Bourgogne
« de la première et de la seconde maison ; douze
« ducs de Bretagne ; deux ducs de Lorraine et
« de Bar. Il faut se représenter dans cette nation
« plutôt que dans cette famille de rois, une foule de
« grands hommes ; ces souverains nous ont transmis

« leur nom avec des titres que la postérité a reconnu

» authentiques : les uns sont appelés AUGUSTE,

« SAINT, PIEUX, GRAND, COURTOIS, HARDI,

« SAGE, VICTORIEUX, BIEN-AIMÉ, les autres

« PÈRE DU PEUPLE, PÈRE DES LETTRES.....

« *comme il est escript par blâme*, dit un vieil

« historien, *que tous les bons roys seroient aisé-*

« *ment pourtraicts en un anneau, les mauvais*

« *roys de France y pourroient mieux, tant le*

« *nombre en est petit.* »

Au reproche, souvent articulé, dans un certain

monde libéral, que les Bourbons n'avaient pas le

cœur français, *La Gazette de France* répondait

en 1841 : « Savez-vous combien de fois les princes

« de cette race anti-nationale, anti-française, dont

« les derniers descendants sont aujourd'hui bannis

« de France, ont donné, non pas leur sang, mais

« leur vie pour la défense et l'honneur du pays?

« Savez-vous combien de Bourbons sont morts

« depuis saint Louis combattant les ennemis de la
« France? En voici le nombre: TRENTE-DEUX!
« Trente-deux princes de la maison de Bourbon
« qui ont été tués sur les champs de bataille...
« Six par siècle!... »

C'est bien après avoir contemplé ce magnifique
tableau que l'on peut s'écrier avec l'honorable
M. Hennequin : « Il était dans la destinée de la
« plus illustre maison de France d'expier l'immen-
« sité de ses malheurs (1). »

(1) Plaidoyer pour le Prince de Condé.